SOUPIRS

DE

LA POLOGNE.

1834.

La Pologne & le tartare.

LES

Soupirs de la Pologne,

EN SEPT PSAUMES,

PAR

J.-C. BLUMENFELD.

PARIS,

LIBRAIRIE DE J. ALBERT MERCKLEIN,

RUE DES BEAUX-ARTS, N. 11;

1834.

— DIJON, —
Imprimerie de Madame veuve Brugnot.

L'AUTEUR ET SES SOUPIRS.

On pardonnera à l'auteur, si dans ce peu de mots qu'il a à dire ici il va commencer par *moi*. Si quelqu'un lui fait le reproche d'être un égoïste, il répondra qu'il n'est qu'un républicain polonais; et quel républicain est égoïste?

Moi donc, je suis un pauvre diable qui court solitaire tous les jours trois fois autour de la ville de Beaune, et c'est encore assez vite. Si je rentre chez moi ce n'est que pour prendre l'envie de me traîner de nouveau autour de cette ville, comme le lunatique sur les toits, sans savoir pourquoi.

Récemment un médecin m'a arrêté devant la porte Saint-Nicolas, et m'a fait observer que la *plethora abdominalis* (surabondance de sang dans l'estomac), que dis-je cette maladie est ce qui me fait mal, et que je ferais bien pour ma santé de faire tous les jours le tour de la ville. Dieu merci ! me dis-je alors à moi-même, maintenant je sais du moins pourquoi je cours autour de la ville ; mais le médecin ne me recommande de le faire qu'une seule fois, et à la vérité qui court tous les jours trois fois autour de la même ville ? Toutes ces observations je les fesais sur les escaliers de ma demeure étant déjà prêt à visiter pour la quatrième fois l'enceinte de Beaune, lorsque je ne sais si c'est par honte ou par lassitude, mais il est assez de dire que je suis enfin rentré dans ma chambre.

Mais qui peut deviner les mystères de l'âme humaine ? A peine ai-je fait quelques pas dans ma chambre que tout-à-coup les larmes s'échappent de mes yeux ; je cours tout de suite au miroir pour voir si les larmes conviennent aux yeux d'un homme, mais malheureusement il faisait déjà nuit et allumer la chandelle, cela m'était impossible, car je n'y ai pas même songé.

Il faut que je l'avoue, si dans cet instant un tyran se fût présenté devant moi, il aurait trouvé une bonne réception : car aussitôt qu'un tyran vient à ma pensée, ce n'est plus un nuage gros de larmes, mais c'est la nuit chargée de foudres qui pend sur mes yeux. A ma grande surprise aucun tyran ne m'est apparu, et n'est-ce pas pour que je m'irrite contre l'excès de la tendresse de mon cœur? Le souvenir des tombeaux que l'on creuse pour moi et mes frères en Sibérie et dans toute l'Europe, m'aurait tiré de cette situation si pénible, car quel homme pleurerait en voyant creuser son tombeau? Mais ce souvenir n'est pas venu non plus pour soulager mon âme. Quelques morts venaient bien à ma pensée; mais ce n'est que mes amis qui se sont eux-mêmes ôté la vie; en m'occupant bien vivement de ces morts, leurs instrumens de mort se pressaient également dans mon esprit comme s'ils eussent été aussi mes amis intimes. Je tombais ainsi d'une pensée de la mort dans l'autre, lorsque ces pensées rebroussent chemin subitement, et je ne sais comment, elles se mettent debout auprès de mes amis morts, s'élèvent sur les tombeaux et se dissipent en dévoilant l'unique objet de mes idées, la *patrie!*

Oh patrie! les larmes brûlantes dans mes yeux, c'est toi! la mélancolie qui m'entraîne au tombeau de mes amis, c'est toi! et la mort que je veux embrasser, c'est toi!

Quand mes larmes seront taries, quand ma mélancolie sera fatiguée de me promener d'un tombeau à l'autre, et quand ta bannière aura porté la mort vengeresse, toi, patrie sacrée, tu me verras prêt à succomber aussi à tes pieds. Mais quel nouveau poids oppresse mon cœur? Hélas! ce sont encore les vieux soupirs..... Oh! ne pourrai-je pas les rajeûnir dans la fraîcheur de la nature?.... Ah! la soirée me semble belle, allons encore nous promener.....

A propos! tu sais à présent, ami lecteur, et moi je le sais aussi, pourquoi je mesure l'enceinte de Beaune trois fois par jour..... Grand nombre de nuages avaient traversé déjà la lune quand je suis sorti de la ville par la porte Saint-Nicolas. Le lendemain j'ai versé sur le papier les soupirs de la soirée passée; ainsi je fis pendant sept jours de suite et voilà précisément pourquoi ces soupirs se renferment dans autant de psaumes. Tout en les lisant journellement moi-même, je les donne aussi à lire *aux meilleurs enfans de la patrie.*

J.-C. BLUMENFELD.

Ramassez les soupirs, dont les siècles en pleurs
Ont rempli tour à tour ce monde sublunaire ;
Réunissez les tous en un large ossuaire,
Où vous amènerez les rois et leurs flatteurs ;
Une voix sortira de ces amas funèbres,
Roulant sur les tombeaux en cris accusateurs,
Chant de mort en l'honneur de vos guerriers célèbres !

L'Auteur.

(De sa *Perrenna, ou la Liberté d'à présent et d'avenir.*)

PSAUME I.

Le Tartare sur le rocher.

1. Toi que l'on appelle le bienfaiteur du monde, tourne tes regards vers la terre; vois, le tartare souillé de sang!
2. Il tend sa flèche brûlante contre mon cœur.
3. Hélas! je ne peux pas lui échapper.
4. Tour-à-tour se traînent les ombres du Czar, elles marchent debout, portent les poignards et cherchent mon cœur.
5. *Allemanda*, ma sœur tendre, pleure sur moi; mais son carquois est plein de flèches, pourquoi ne m'en apporte-t-elle pas une?
6. Sa flèche ne serait-elle pas plus puissante que ses larmes?
7. *Alma*, ma sœur bien aimée..... elle a vu les premières blessures que me fit le Tartare; ses cheveux aussitôt se dénouèrent flottant autour d'elles au gré du vent; le poignard brillait dans sa main, elle avait les yeux brûlans de vengeance; mais un des conjurés du Tartare qui, jadis (je ne l'oublierai jamais), uni avec lui et

avec le brigand baltique m'a chassé de mes foyers, a enlevé de mon front le diadême de ma gloire et m'a rejeté jusqu'aux confins des déserts du Nord ; c'est lui qui l'a arraché de sa main.

8. Là, sur les Crapaks elle est debout les mains jointes, partageant ses regards et ses soupirs entre le ciel et moi.

9. Ma sœur *Gallina*, qui m'aime le plus (dit-elle), applaudissait à ma fierté ; me rappelait tous mes souvenirs glorieux, la longue durée de mon esclavage, le sang que mes ancêtres ont versé, la profanation de leurs tombeaux sacrés, et ce n'est pas seulement les soupirs qui, à ce grand appel, s'échappaient de mon cœur qu'elle partageait avec moi, elle a versé encore une larme.

10. Je rougis, je me lève, et je dis au Czar : Tartare ! c'est toi qui a répandu mon sang, c'est toi qui as profané les tombeaux de mes ancêtres, c'est toi enfin qui m'as fait ton esclave. — Tartare ! je ne te reconnais pas pour mon maître ; vas dans les déserts, ou viens combattre avec moi, que je venge mon sang.

11. Il grinçait les dents ; nous combatti-

mes, et plus d'une fois je l'ai foulé à mes pieds.

12. Oh Gallina ! qu'elle s'énorgueillissait alors ; mais lorsque je suis tombé sous le poids de mes efforts, Gallina est-elle venue à mon secours ?

13. Non ! elle n'est pas venue.

14. Oh sœur ! qu'est-ce qui t'a empêché de descendre sur-le-champ, de tremper ta bannière dans mon sang répandu à flots et de le montrer au monde pour qu'il en demande vengeance ?

15. Sont-ce les montagnes où les vallées ?

16. Regarde ! l'aigle ne s'élance-t-il pas dans les régions les plus éloignées pour soustraire aux oiseaux de proie ceux qu'il veut protéger ?

17. Les figures ricanantes des complices du Czar t'auraient-elles effrayée ?

18. Oh ! la peste ou les vapeurs malsaines qui règnent sur les tristes bords de pays désolés, ont-elles jamais empêché les vents salutaires de souffler ?

19. Non ! ils descendent comme des anges, du séjour céleste, et chassent ces maux contagieux afin que l'homme puisse respirer.

20. Pourquoi la fidélité n'accompagne-t-elle pas toujours l'amour?

21. Ah! l'amour humain, ce n'est que l'écorce; mais la fidélité qui en est le noyau, manque.

22. Hélas! personne ne m'est resté fidèle; même la plus proche de mes sœurs m'a abandonné.

23. Qui viendra à mon secours pendant que les yeux et les flèches du Tartare me poursuivent toujours?

24. Puis-je échapper à ce meurtrier?

25. Dieu! si sa flèche m'atteint, me tuera-t-elle?

26. Les rires féroces du Tartare suivront-ils le dernier son de ma vie brisée jusqu'au tombeau?

27. Dieu! ne serais-tu pas juste?

28. Ah! la troisième flèche vient de m'atteindre!

29. Le Tartare se repaît de mon sang! mais mon cœur?..... Oh! il bat encore.

30. Dieu, soyez juste!!!

PSAUME II.

Qui peut-il être?

1. Je sens que mes yeux commencent à se mouiller.

2. Assurément, je vois approcher quelqu'un que l'on ne peut regarder avec l'œil sec.

3. On m'a dit qu'à cette heure les victimes vouées à la mort quittent leurs tombeaux.

4. Ils empruntent du *malheur* la force pour se traîner, du *pressentiment effroyable* leur expression, et du *tressaillement de l'âme* leur haleine froide.

5. Ils errent dans le monde, soupirent et nomment leurs égorgeurs.

6. Mon fils?..... Non, ce n'est pas lui; il dort là..... là, au bord de la Vistule, du sommeil des martyrs !

7. Non, ce n'est pas mon fils mort qui m'approche.

8. Près de lui, je ne pleurerais plus, car il y a long-temps que j'ai versé dans mon amertume toutes mes larmes maternelles.

9. On m'a dit aussi qu'à cette même heure,

les esprits sinistres de leurs assassins vagabondent de même, suivent secrètement les morts en gémissant et leur chuchottent : « *Silence! silence!* »

10. Ce n'est pas non plus le génie du Czar qui m'approche : car près de lui je serais saisi d'horreur et mes yeux ne seraient pas mouillés de larmes.

11. Surtout, ces larmes si douces qui pendent sur mes cils, et qui me soulagent comme si elles coulaient de la source du paradis.

12. Qui donc doit m'approcher?

13. C'est l'aspect d'une femme....... qui m'aborde.

14. Elle est conduite par des anges.

15. Oh la plus belle du ciel! que cherche-t-elle sur cette terre de misère et de calamité?

16. « Elle vient à toi! » répondent les anges : « Elle vient à toi avec le remède du ciel! »

17. Oh Dieu! mon cœur est brisé.

18. Une moitié tremble sur le tombeau de mon fils et s'y fait l'intime du monde des morts.

19. L'autre, je ne sais si elle appartient aux vivans ou aux morts.

20. Ciel! rappèle ta messagère; elle ne peut pas guérir mon cœur brisé.

21. « Pauvre malheureuse! » dit la messagère du ciel : « Ne blasphéme pas, regarde dans ce miroir! »

22. Hélas! je vois dans ce miroir mes yeux, dans mes yeux des larmes brillantes, dans ces larmes des cieux sans nuages, des trônes non souillés de sang.... Oh Dieu! j'aperçois rayonner sur ma tête la couronne d'immortalité.

23. Oh déesse! ton remède est au-dessus des choses terrestres; laisse-moi tomber à tes pieds et demander ton nom?

24. « *Espérance!* »

25. Oh! espérance! où est-elle?

26. Où est-elle avec son majestueux cortège? Où est-elle avec son miroir céleste?

27. Ne l'ai-je pas rêvée?

28. N'y a-t-il de réel dans tout ce rêve sublime que mes larmes, qu'une moitié de mon cœur tremblant sur le tombeau de mon fils, pendant que je ne sais si l'autre appartient aux vivans ou aux morts?

29. Si ce n'est qu'un songe, n'y a-t-il donc aucun des anges du ciel? aucune espé-

rance? aucun miroir céleste? aucun œil dans ce miroir? aucune larme dans cet œil? dans la larme aucun ciel sans nuage? aucun trône non souillé de sang?... Hélas! aucune tête rayonnante de la couronne d'immortalité?

30. Venez ici esprits malheureux dont le corps fut accablé sous la cruauté de la tyrannie ; venez ici et dites-moi si les yeux de ces victimes portèrent jamais des larmes aussi douces et aussi brillantes que les miennes?

31. Ont-ils vu enfin dans le miroir de l'espérance leurs yeux, dans leurs yeux des larmes, et dans ces larmes ont-ils aperçu aussi un beau monde?

32. « Oui ! »

33. Ha ! pourquoi donc leurs ossemens sont-ils répandus si loin, si loin du beau monde qu'ils ont vu?

34. « C'est qu'à ceux qui dorment, ils ont renvoyé l'espérance comme un rêve inutile, ils n'y ont pas cru, et voilà pourquoi leurs ossemens sont répandus si loin, si loin du beau monde qu'ils ont vu. »

35. Oh ! esprits malheureux ! assistez-moi; ne m'abandonnez pas.

36. Toutes les fois que je serai tenté de méconnaître l'espérance, répétez-moi ces mots : *Ils ont renvoyé l'espérance à ceux qui dorment, comme un rêve inutile; ils n'y ont pas cru, et voilà pourquoi leurs ossemens sont répandus si loin, si loin du beau monde qu'ils ont vu.*

37. Et moi : si dans mon cœur se glisse jamais au milieu de la douleur un senti-ment plus doux, si un torrent volup-tueux jaillit de mes yeux, si des rêves sur les ailes d'or volent au tour de mon âme morne et lugubre comme le tombeau, moi je dirai : *C'est l'espérance avec ses anges !*

PSAUME III.

La Couronne et la Bannière.

1. Que faut-il que je fasse quand trois brigands viennent, me surprennent, m'arrachent de ma cabane et me précipitent dans la nuit sans étoile, sans toit, sans sentier, dans la nuit froide d'automne?

2. Dois-je demander à l'automne si dans le tombeau qu'il creuse pour la nature, il n'a pas aussi pour moi un refuge calme et paisible?

3. Trois brigands, sont venus, m'ont surpris, m'ont enlevé de ma cabane, et m'ont précipité dans la nuit sans étoile, sans toit, sans sentier, dans la nuit froide d'automne.

4. Je ne demandais pas à l'automne si dans le tombeau qu'il creuse pour la nature il n'a pas aussi pour moi un refuge calme et paisible!

5. J'errais partout, mais en vain, je n'ai trouvé aucune pitié parmi les vivans.

6. C'est un arbre solitaire que j'ai trouvé.

7. L'air froid d'automne tuait ses feuilles et les jetait comme les cadavres à ses pieds.

8. Ces cadavres avaient pitié de moi; ils m'ont couvert et échauffé.

9. Que faut-il que je fasse, quand un des trois brigands, le Tartare vient et me poursuit jusqu'à l'abri que m'offrent les cadavres d'automne?

10. Dois-je y rester et me laisser inhumer sous les feuilles mortes?

11. Un des trois brigands est venu et m'a poursuivi avec son poignard jusqu'à l'abri que m'ont donné les cadavres.

12. Je n'y suis pas resté, je ne me suis pas laissé inhumer sous les feuilles mortes; je me suis levé, j'ai cherché avec mes yeux mouillés de larmes les terres éloignées où ce scélérat ne met pas son pied et où est la cabane spacieuse de ma sœur.

13. J'ai trouvé et ces terres et cette cabane.

14. Que faut-il que je fasse quand y vient le cruel qui se nomme le maître de ma sœur, jète ma couche de paille d'un coin à l'autre de la cabane et me traite comme le Tartare son esclave?

15. Hélas! que ferais-je? faut-il que je fasse mon lit parmi les morts?

16. Que le cruel jète ma misérable couche d'un coin à l'autre, qu'il me traite

comme le Tartare son esclave, je ne ferai pas mon lit parmi les morts.

17. Il viendra un jour où ma sœur en sera en colère...... et me vengera.....

18. Que les débris du naufrage de la vie; que les morts et ceux qui combattent avec les flots déchaînés de l'ouragan, nagent abandonnés aux chances de l'orage dans l'onde de mes yeux, je ne fais pas mon lit parmi les morts.

19. Il viendra un jour où les débris du naufrage de la vie nageant dans l'onde de mes yeux trouveront un port, les morts un tombeau, et les agonisans la vie.

20. Que tous les forfaits de la tyrannie, tous les désastres du monde pèsent toujours pendus sur l'aimant de mon cœur, je ne fais pas mon lit parmi les morts.

21. Il viendra un jour où les forfaits de la tyrannie, et les désastres du monde retomberont de l'aimant de mon cœur.

22. Tout cela n'est qu'une montagne que je monte; elle est bien rapide. Ce n'est qu'un fardeau que je porte, il est bien lourd; mais marcherai-je pour cela courbé, ou me laisserai-je tomber mort avec mon fardeau au milieu de la montagne, comme le fait le monde?

23. Non !....
24. Au-dessus de la montagne, il est une fille.
25. Elle tient dans sa main droite une couronne, dans sa gauche, la bannière d'or.
26. Elle me fait signe tantôt avec la couronne, tantôt avec la bannière.
27. De la couronne, qu'elle environne mon front, et sa bannière, qu'elle flotte sur ma tête !
28. Oh ! là aucun monstre de la tyrannie ne m'arrachera ni la couronne, ni la bannière.
29. Fille belle !.... là sur la montagne, je pleurais si souvent, je te voyais, j'apercevais dans tes yeux le Ciel consolant ; je souffrais si souvent, et tu me fesais le signe avec la bannière et la couronne.
30. Qui me dira ton nom ?
31. Je lis sur la bannière... Hélas ! l'inondation des mes yeux s'accroît trop, je ne peux pas lire.
32. Larmes, abandonnez mes yeux pour un instant, jusqu'à ce que je lise son nom sur cette bannière là.
33. Son nom, qu'il doit être consolant !
34. Oui ! il est consolant.... « *Patience !* »

PSAUME IV.

La Fille sans croyance au Christ.

1. Je voudrais bien voir l'image de mon âme.

2. Ce ciel-là..... avec les petits nuages me plaît bien; mais il n'est pas l'image de mon âme : car il vient des vents, ils dispersent les nuages épais du ciel; mais qui vient disperser les nuages de mon âme?

3. La nuit qui avance lentement au-dessus des montagnes, elle me plaît bien; mais elle n'est pas l'image de mon âme : car derrière la nuit au-dessus des montagnes, on voit les traces des pieds de l'aurore, et derrière la nuit de mon âme voit-on une trace quelconque des pieds de l'aurore?

4. Les déserts brûlans de l'Arabie me plaisent bien; mais ils ne sont pas l'image de mon âme : car la source qu'y trouve le pélerin fatigué le rafraîchit, le désaltère, et la source des déserts brûlans de mon âme, peut-elle me rafraîchir? Mes yeux ne sont-ils pas rouges de son torrent enflammé?

5. Oh! que je voudrais voir l'image de mon âme.

6. Mais là..... à la clarté de la lune parmi les rochers brisés, quelle ombre se promène?

7. Elle prend place dans une fente de rocher.

8. Elle soupire..... Ha! qu'entends-je?.....

« Il y a plus d'araignées que d'insectes.....

» Plus de cadavres que de tombeaux......

» Cœur es-tu glacé?

9. Sur quel air prélude-t-elle? Ecoutons!

« Cœur de glace, dites-moi des serpens de désert.

» Des serpens aussi vieux que le monde. »

10. Le silence règne.....Approchons-nous plus près de cette ombre..........Ha! une fille!

11. Elle m'attire plus que toute la mélancolie du ciel, que tout le deuil de la terre.

12. Son âme ne sera-t-elle pas l'image de la mienne?

13. Comme la lune pâle réfléchit dans les ondes troublées, ainsi son âme lugubre apparaît, brisée dans ses yeux creusés.

14. Horrible!!!

15. Sur son âme pèsent aussi des nuages éternels, mais ils sont encore gros d'orages de mille années.

16. La nuit profonde derrière laquelle on ne voit aussi aucune trace des pieds de l'aurore, mais ce sont les soupirs de mille générations qui la suivent.

17. Un désert de l'âme aussi, mais la seule source que l'on y trouve, est tarie.

18. Qui peut être la fille avec une telle âme ?

19. Je vais aller près d'elle et le lui demander.....

20. Qui es-tu fille triste qui m'attire plus que toute la mélancolie du ciel, que tout le deuil de la terre?

21. « Autrefois l'on m'appelait la chaste sur les bords du Nil, la sainte sur le mont de Salem et pleurante sur les rivages de Babylone, et maintenant va, ah! va demander aux ministres du crucifié, va demander aux orgueilleux sur leurs trônes, demande-leur comment on m'appelle maintenant? »

22. Je ne le demande pas aux ministres : car j'ai vu leur croix; ils y adorent leur maître mourant et ils y blasphèment la vérité souffrante. Je n'en demande pas

aux orgueilleux de leurs trônes, car leurs trônes sont élevés sur les victimes de l'humanité,

23. Qui es-tu donc fille triste?

24. « Autrefois l'on m'appelait la chaste sur les bords du Nil, la sainte sur le mont de Salem, pleurante sur les rivages de Babylone, et maintenant jetée devant les portes de l'univers, l'on me nomme *la fille sans croyance au Christ.* »

25. « Sur ce dernier nom pèsent : les bûchers, le poison, les poignards, les meurtres, les tortures, tous les instrumens homicides des ministres du crucifié, tous les forfaits sanglans des orgueilleux de leurs trônes et toute la nuit de ma vie que j'ai passée en pleurs. — Mais toi qui es-tu? »

26. Autrefois l'on m'appelait la fille sur la montagne d'Hermann armée de la lance contre Oman, fille du Nord écrivant partout avec son sang : *Liberté,* fille pleurante sur les bords de la Vistule, et maintenant jetée devant les portes de l'univers, l'on me nomme : *Fille sans patrie.*

27. Sur ce dernier nom pèsent : la triple langue de la plus noire trahison, la main ensanglantée du Czar, une grande mort,

ma bannière déchirée et toutes les larmes de mes yeux.

28. Je cherchais l'image de mon âme, et
c'est dans la tienne que je la trouve; elle
m'attire plus que toute la mélancolie du
ciel, que tout le deuil de la terre.

29. Oh! fille infortunée! tes yeux pleurent
depuis plus long-temps que les miens;
tu connais mieux le chemin des malheureux, permets-moi de te suivre.

30. « Viens, nous allons descendre dans
les vallées noires du passé. Là.... j'ap-
pellerai les morts de leurs tombeaux et je
m'écrierai : Morts! la seconde fille sans
patrie est déjà venue; levez-vous, appe-
lez l'univers au dernier jugement; et
quand les tyrans vivans et morts tomberont aux pieds du juge du monde et qu'il
aura proclamé que la fille sans patrie
monte au premier trône du monde, je
t'amènerai jusqu'à ses degrés et.... »

31. Non! quand les tyrans vivans et morts
tomberont aux pieds du juge du monde,
et qu'il aura proclamé que la fille sans
patrie monte au premier trône du monde, c'est moi qui prononcerai : Juge du
monde! *c'est à la fille sans croyance au
Christ.*

PSAUME V.

Le Torrent, l'Arbre et la Harpe.

1. Où sont-elles les chansons du passé sur lesquelles mes vœux fatigués s'appuyaient et s'endormaient tranquillement?

2. Où est-elle la chanson du torrent qui parcourt les champs dorés de blé?

3. Cette chanson est courte, mais elle est pleine de charmes.

4. « Le torrent parcourt les champs dorés de blé; il les parcourt. »

6. » La tempête ne s'élève pas de ces ondes : car au-dessus d'elles planent les âmes de Lech et de Zemina ; aucune voix ne les rappelle au tombeau, car elles protègent sur ces rivages leur fille contre les flèches du Tartare. »

7. Ah! le torrent parcourt les champs dorés de blé; il les parcourt.

9. La tempête s'élève de ses ondes : car au-dessus d'elles ne planent plus les âmes de Lech et de Zemina; elles sont rappelées au tombeau, car elles n'ont plus à garder sur ces rivages, leur fille contre les flèches du Tartare.

10. Où est-elle la chanson du torrent qui parcourt les champs dorés de blé?

11. Où est-elle la chanson de l'arbre qui s'élève au milieu de la plaine?

12. Cette chanson est courte, mais elle est belle.

13. « Dans la plaine vaste il s'élève un arbre; il s'y élève. »

14. « L'automne ne fane point ses feuilles, car le souffle du printemps éternel les anime. — La foudre ne frappe pas ses branches, car l'oiseau blanc s'y est niché. — Les oiseaux de proie ne poursuivent point l'oiseau blanc, car il vole plus haut que les plus hautes montagnes, que les nuages les plus élevés, pour rapporter de là les premières roses de l'aurore à la fille de la Vistule. »

15. Ah! dans la plaine vaste il s'élève un arbre; il s'y élève.

16. L'automne fane ses feuilles, car le souffle du printemps éternel ne les anime plus. — La foudre fracasse ses branches, car l'oiseau blanc ne s'y niche plus. — Les oiseaux de proie poursuivent l'oiseau blanc, car il ne vole plus au-dessus des montagnes et des nuages les plus

élevés, pour apporter les premières roses de l'aurore à la fille de la Vistule.

17. La fille de la Vistule a bien vu trois fois fondre la neige, mais elle n'a pas vu l'oiseau.

18. De temps en temps elle aperçoit seulement une plume blanche tomber sur son sein.

19. Où est-elle donc la chanson de l'arbre qui se trouve dans la plaine?

20. Où est-elle la chanson de la harpe qui retentit le long des vallées de l'univers?

21. Cette chanson est courte, mais elle est sublime :

22. « La harpe retentit le long des vallées de l'univers : — Elle y retentit.

23. « Destinées ! ne brisez pas la harpe, car les sons sont ceux de l'âge d'or. — On n'en entend point de dissonance, car la main profane ne les touche pas; l'esprit méchant ne rompt pas les cordes, car elles sont *les nations sans princes*.

24. « Voilà pourquoi aucune corde ne se casse. »

25. Ah! la harpe retentit le long des vallées de l'univers : — Elle y retentit.

26. Les destinées ont brisé la harpe, car

ses sons ne sont plus ceux de l'âge d'or. — La dissonance s'en fait entendre, car la main profane les a touchées.—L'esprit méchant rompt les cordes, car elles ne sont plus *les nations sans princes.*

27. Voilà pourquoi une corde s'est cassée.

28. Où est-elle donc la chanson de la harpe qui retentit le long des vallées de l'univers ?

29. Qui m'apprendra si les âmes de Lech et de Zemina planeront un jour au-dessus des ondes du torrent qui parcourt les champs dorés de blé, pour protéger leur fille contre les flèches du Tartare ? Car *c'est moi qui suis leur fille.*

30. Qui m'apprendra si l'oiseau blanc volera un jour plus haut que les plus hautes montagnes, que les nuages les plus élevés, pour apporter de là à la fille de la Vistule les premières roses de l'aurore ? — Car *c'est moi qui suis la fille de la Vistule.*

31. Qui m'apprendra si les cordes de la harpe divine de l'univers seront un jour des nations sans princes, et que pour cela aucune d'elles ne se cassera ?—Car

c'est moi qui suis maintenant la corde cassée.

32. Qui pourra me l'apprendre?
33. Où sont-elles les chansons du passé, celle du torrent, — de l'arbre — et celle de la harpe? — Où sont-elles les chansons sur lesquelles mes vœux fatigués s'appuyaient et s'endormaient tranquillement?

PSAUME VI.

Le Songe.

1. Parmi les gerbes blanches, avec ma faucille à la main, il ne m'atteint pas ce soleil brûlant.

2. Le sommeil sous l'ombre de ces gerbes est doux, il est bien doux.

3. Moissonneur laisse-moi dormir, ne me réveille pas.

4. Coupe donc, ma faucille, les épis pleins, coupe les donc, coupe!

5. Les derniers épis, oh! qu'ils seront fiers, car j'en tresserai ma couronne.

6. Coupe donc, ma faucille, les épis pleins, coupe les donc, coupe.

7. Les ombres s'alongent, le soleil devient plus rafraîchissant, et il rougit de plus en plus.

8. Que sont ces reflets blanchâtres et rougissans qui luisent là?

9. Ce qui est blanc, c'est le drap mortuaire, et ce qui est rouge, hélas! je ne le peux pas dire.

10. Moissonneur! n'entends-tu pas aboyer, miauler, hennir et hurler?

11. Va vite! Ces voix.... elles sont debout sur le pont entre Praga et Varsovie, jette-les dans la Vistule et noie-les vite, vite!

12. Oh! réveille-moi, réveille-moi.

13. Vois tu par-là.... ces filles pâles?

14. Elles dansent autour d'un tombeau et solennisent le jour de la naissance d'une morte.

15. Réveille-moi! je veux y aller et leur demander qui est la morte dont elles solennisent le jour de la naissance?

16. Une main froide et décharnée saisit la mienne et m'entraîne au tombeau.

17. Filles pâles, dites-moi qui est la morte dont vous solennisez le jour de la naissance!

18. Les filles.... elles comprennent bien ma demande, mais elles ouvrent la bouche en me montrant qu'elles n'ont pas de langues.

19. La morte n'entend-t-elle pas ma demande?

20. Elle m'entend bien, elle se lève, s'approche de moi et pose trois fois sur mon front ses lèvres glacées.

21. Morte ! qui n'a pas encore oublié les habitudes de l'amour; morte chérie! qui est tu?

22. « *Je suis toi* ! »

23. Comment? Morte dites-moi....... Mais, ah! elle retombe au cercueil et l'univers s'éclipse....

24. L'univers s'éclipse !

25. C'est la toile qui tombe !

26. La scène tragique du monde est finie.

27. Où est la main froide et décharnée?— Qui me sortira d'ici? — Car je tremble; je ne sais si c'est actrice ou spectatrice que j'étais sur cette scène?

28. Où est donc cette main? .... Ah! l'horison s'éclaircit, — voilà la lune !

29. Le spectacle donc n'est pas fini.

30. Le tombeau, la morte, les filles pâles, les voix sur le pont entre Praga et Varsovie, les reflets blanchâtres et rougissans, rien de tout cela; ou n'entend, on ne voit plus rien.

31. La clarté paisible de la lune est belle sur mon sein, sa mélancolie profonde est douce pour mon âme.

32. Je veux chanter un air de la lune; «La lune est seule mon amie — La lune est mon amie seule. » Mais pourquoi les

ruisseaux ne murmurent-ils pas, les ros-
signols ne chantent-ils pas, et les filles
aimantes ne soupirent-elles pas pour ac-
compagner l'harmonie de mon air?

33. « La lune est seule mon amie — La
lune est mon amie seule. » — Mais quel
merveilleux nuage couvre cette lune?

34. Il ressemble à une chenille rampante?

35. Je vais voir si un papillon s'en envo-
lera !

36. Un papillon de la couleur de la lune,
qu'il doit être beau!

37. Ah! que vois-je? — La chenille se
rompt et il en tombe une bouche, un
nez et deux yeux, tous séparés.

38. Qui me veut soutenir afin que je ne
tombe saisi d'horreur?

39. Là.... à côté du nord, j'aperçois un
espace vide et obscur où demeurait autrefois le crime avant qu'il fût venu au
monde, dans cet espace la bouche dé-
tachée se fixe.

40. Au-dessus de cet espace, je vois deux
grandes ombres, ce sont les monumens
que l'humanité a élevés dès l'origine du
monde à la superstition et à la tyrannie;
entre ces ombres, le nez détaché prend
la place.

41. Au-dessus de ces ombres, je vois deux abîmes : l'un, c'est le désir de faire le mal ; l'autre, c'est le vice humain ; dans ces abîmes les yeux détachés s'enfoncent.

42. Dans les yeux se développe la nuit au milieu des apparitions les plus horribles ; — du nez éclatent la fumée et les flammes ; — la bouche respire une haleine contagieuse qui remplit le monde.

43. Là... que peut-il mâcher, ce monstre affreux, dans sa gueule?

44. Qui me veut soutenir afin que je ne tombe saisi d'horreur?

45. Il vomit des étoiles pâles, des corps humains, et même des monstres qui ressemblent à lui-même.

46. Moissonneur ! réveille-moi, réveille-moi, j'ai peur que le songe ne me fasse mourir, réveille-moi !

47. Hélas ! le monstre menace de me dévorer... Ah ! je saigne... Réveille-moi !.. Mais, est-ce que je dors? Est-ce que je songe?

48. Non ! je ne dors pas, je ne songe pas... *Je suis entre les mains du Czar.*

PSAUME VII.

Le Russe mort.

1. Ce que je cherche, — qui veut me le donner?

2. « Tiens, pélerin des bords de la Vistule! tiens, voilà le diamant dans tout son éclat! »

3. Ce diamant est beau; mais le caillou noir aux bords de la Vistule est plus beau.

4. « Tiens, voilà les premières roses du printemps! »

5. Ces roses sont belles; mais le dernier brin de l'herbe flétrie dans les prairies de ma patrie est plus beau.

6. « Voilà les vastes portiques d'or qui s'ouvrent devant toi! »

7. Ces portiques sont beaux; mais l'humble porte de la chaumière paternelle est plus belle.

8. Ce que je cherche, — qui veut me le donner?

9. Ce n'est pas un diamant; — ce ne sont pas les premières roses du printemps; ce ne sont pas les portiques d'or. — Laisse-moi! — Laisse-moi; je veux le chercher!

10. Quand le soleil du Midi brûle le front et que le berger se réfugie sous l'ombre fraîche d'un arbre touffu, je veux aller aux champs avec mon front et mes joues brûlées du soleil, et le chercher.

11. Quant à minuit, le dernier des morts rouvre ses yeux et quitte son tombeau, et que le dernier des vivans monte sur sa couche pour fermer ses yeux, moi, je veux aller près des morts qui ont quitté leurs tombeaux, et l'y chercher.

12. Quand la jeune fille serre légèrement la main de son amant, et lui dit : « Rentrons : l'air du soir est frais. » moi, je veux descendre aux vallées pendant les nuits fraîches, et le chercher.

13. Pendant que la rosée de la matinée tombe du ciel, et que les humains rêvent la fin de leurs doux songes du matin, je veux monter les collines avec les yeux mouillés de premières gouttes de la rosée, et le chercher.

14. « Mais ne veux-tu donc pas me dire ce que tu cherches? »

15. Ce n'est pas un diamant; — ce ne sont pas les premières roses du printemps; — ce ne sont pas les vastes portiques d'or. — C'est une *lance* que je cherche.

16. Quand le soleil du Midi brûle le front et que le berger se réfugie sous l'ombre d'un arbre touffu, moi, je ne veux pas me réfugier sous l'ombre, je veux aller aux champs avec mon front et mes joues brûlées du soleil, et chercher une lance.

17. Quand la jeune fille serre légèrement la main de son amant, et lui dit : « Rentrons : l'air du soir est frais. » je ne veux pas rentrer, je veux descendre dans les vallées pendant les nuits fraîches, et chercher une lance.

18. Quant à minuit, le dernier des morts rouvre ses yeux et quitte son tombeau, et que le dernier des vivans monte sur sa couche pour fermer ses yeux, moi, je ne veux pas monter sur ma couche pour fermer mes yeux; je veux aller près des morts qui ont quitté leurs tombeaux, et chercher n ue lance.

19. Pendant que la rosée de la matinée tombe du ciel et que les humains rêvent la fin de leurs doux songes du matin, je ne rêve pas la fin de mes doux songes du matin, je veux monter les collines avec les yeux mouillés des pre-

mières gouttes de la rosée, et chercher une lance.

20. Un jour, soit que mon front et mes joues soient brûlées, soit que je tremble dans la fraîche soirée, soit que le dernier des morts rouvre ses yeux et quitte son tombeau, et que le dernier des vivans monte sur sa couche et ferme ses yeux, soit que mes yeux soient mouillés des premières gouttes de la rosée; un jour je trouverai bien, soit au milieu d'une plaine, soit dans une vallée, soit sur une montagne, un Russe mort avec une lance à la main.

21. Je la changerai avec lui en lui donnant le tronçon de la mienne (car il convient aux hommes brisés) contre celle que son ennemi lui a laissée entière : je prendrai cette lance et je lui dirai :

22. Pauvre Russe mort! ton maître le Tartare t'a fait tuer; et moi...il m'a arraché du sein de ma patrie, il m'a repoussé du tombeau de mes ancêtres, et m'a rejeté dans les déserts lointains. — Avec cette lance je vengerai ta mort, je retournerai dans mes foyers et je me reposerai au sein de ma patrie. — Et je le jure, à toi, aux mânes de mes ancêtres,

je le jure à toute l'humanité, il n'y aura plus de Tartares farouches qui puissent faire tuer un Slave sans qu'il soit vengé; il n'y aura pas de Czar qui ne se repente de la blessure qu'il m'aura faite; il n'y aura pas de malheureux sur toute la terre à qui je ne prête ma lance.

23. Ce que je cherche! — Ah! qui veut me le donner?

24. Où est-il le pauvre Russe mort?

25. Laisse-moi, laisse-moi chercher une lance.